그림자를 가지러 가야 한다

그림자를 가지러 가야 한다

신동호 시집

창비

차
례

제1부

제3부

일러두기
이 책에 실린 일부 각주는 시인의 창작입니다.

제 1 부

계단

구석기가 끝나갈 무렵부터 계단을 오르고 있다.
동굴벽화 몇곳에 계단이 그려져 있고
점토판 설형문자는 '계단을 올랐다'로 해석되었다.*

계단 끝에서 신들을 만났다는 소문이 돌자
엎드리고, 경배하고, 움츠리는 버릇이 생겼다.
길과 이어진 계단에서 버려진 육체들이 발견되었다.

그러나 막다른 계단은 따뜻했다.

'벽돌 창으로 새어나온 불빛이 계단을 비추었다.
그 빛은 언제나 나에게 사랑의 등불이 되어주었다.'**
스무개의 절망과 한개의 사랑을 품은 채
늙은 봉우리로 가는 계단에서 네루다는 실종되었다.

지상의 계단이 왜 하늘을 향하는지 아직 모른다.
신에게 가까이 갈수록 찰나만큼 수명이 길어질까,
시간은 계단 위를 아주 느리게 파고들었다.

 * 조지 이글턴 『계단의 상징, 신에게 가는 길』, 1965.
** 파블로 네루다 「계단 끝 집」, 1971.

아득한 눈길

설날, 춘천에서 화천 큰댁으로 가는 길. 지금은 삼십분 찻길이지만 예전엔 한시간 반, 겨울 눈길엔 두시간도 걸리곤 했다. 보따리를 든 손님을 가득 태우고 완행버스 특유의 부산스러움과 기름에 연기가 뒤섞인 냄새를 실은 채 버스는 눈길을 달렸다. 과거로, 예스러움으로, 추억 속으로. 아, 젊은 엄마와 함께.

화천읍 버스터미널엔 늘 군인들이 많았고, 난로 주변으로 온갖 사투리가 모여들었다. 멀고 먼 길을 몇번씩 차를 갈아탄 사람들이 화천의 겨울과 아들을 찾아왔다. 가족을 만난 7사단의 하얀 별들과 15사단의 노란 달들이 강원도의 눈 이야기를 나누었다. 저 남도의 따뜻한 황톳길을 떠올리며 웃음을 터미널에 남기고, 울음을 담아 돌아갔다.

하루에 몇번 없는 버스마저 끊긴 눈길. 화천군 간동면 구만리로 가는 길은 북한강 바람이 동행한다. 강 언저리로 얼음 어는 소리가 쩡쩡 울리고 산등성이, 대만 남긴 옥수수밭으로 까투리가 자주 날았다. 가도 가도 아득한 눈길. 발이 젖으면 큰아버지가 앉아 계시던 아랫목 냄새를 맡았다. 아, 젊은 아버지의 넓은 등에 업혀.

서촌, 인왕제색(仁王霽色), 이상

　서촌에서 어깻죽지가 간지럽다면 금홍을 사랑했던 마음, 이상이 만든 이상적이고 근대적인 사랑을 알게 되었다는 것인데, 그로 인해 고대 이카로스의 날개를 갖게 되었고, 미로 같은 골목길을 사랑하게 되어서 송강 정철의 집터까지 가다 보면 '중국'이라는 작은 국숫집, 깃발을 내리면 영업이 끝났다는 것, 번번이 발길을 돌리면 관동에는 절친 율곡의 집, 오죽헌에 남긴 금주(禁酒) 십계명은 율곡의 반듯함을 생각하게 했는데, 당쟁을 중재하고 두주불사 송강과 세상을 논하고 종묘사직을 걱정하며 율곡이 마신 술이 얼마나 될지, 나의 옛 스승은 간경화로 인해 천재(天才)를 일찍 거둬들여야 했으나, 길 건너 경복고등학교 쪽에는 드디어 겸재가 율곡을 사모하며 밝은 눈을 더해 조선의 마음, 색을 끄집어내었는데, 인왕이 매일매일 변화무쌍하게 모습을 바꾸었으나 우리의 마음까지 요동칠 줄 어찌 알았던지, 북방에서 온 '동주의 별'이 인왕제색 앞에 오래 머물러 자하문 쪽으로 졌을 것, 여항의 젊고 도발적이며 권위와는 담을 쌓았던 시인들이 골목골목 지금도 마음의 색을 바꿔내고 있는데, 오직 북악 아래 외로운 군왕만이 율곡에게 지혜를 묻는다.

날개는 아직 녹아내리지 않았고, 여전히 서촌을 헤매고 있는 이상(李箱), 이상(理想), 이상(異常)들.

겨울새

구만리의 집들은 지붕이 낮다. 눈이 내리면 어깨까지 굽어서 더 깊숙이 고개를 숙인다. 그만 작은 산봉우리가 될 것처럼, 부끄러운 듯 눈 아래 가만히 세속을 감춘다. 새 한마리가 가끔 손님으로 찾아와 작은 흔적을 남기며 처마 밑에 머문다.

겨울 아침은 참나무같이 손이 딱딱해진 할머니가 하얀 머리를 빗으며 온다. 참나무가 참나무를 쓰다듬고 참나무가 참나무를 태운다. 붉은 불이 하얀 밥을 데우고 하얀 연기가 하얀 세상으로 날아가면 하얀 사람들이 하얀 입김을 피우며 눈을 비빈다. 아궁이 앞에 앉은 할머니가 하얗게 피어오를 것처럼.

구만리의 겨울은 끝내 길을 잃지 않았다. 발목이 잠겨 따라간 노루의 발자국 끝에는 미처 얼지 않은 샘물이 있었다. 산꿩이 나는 허공의 길엔 이미 눈물 많은 이들이 숱하게 지나갔다. 낮아지고 낮아져서 그만 그대로 멈춘 세월이 겨울 안에 고스란히 담겨 있다. 아이야, 춥다, 그만 가자.

황쏘가리

송사리만 할 때 송사리를 잡으러 강에 나갔다가 수면 가까이 올라온 황쏘가리를 보고 숨이 턱 막혔었다. 특별한 무언가가 된다는 건 참으로 기적 같은 일이다. 강의 내밀한 비밀을 알게 된 듯, 나는 어렵게 잡은 송사리를 놓아주었다.

큰아버지의 오토바이에 매달려 화천 가는 길, 헤드라이트 불 앞에 장수하늘소가 나타났다가 큰 날개를 퍼덕이며 어둠 속으로 유유히 멀어져갔다. 메뚜기나 물방개에서 느끼지 못한 위엄, 모든 생물에게 경이로움이 깃들어 있다는 걸 남겨주고, 다시는 볼 수 없었다.

물속에서 사는 건 어떤 기분일까. 육지로 올라와 포유류로 적응했던 한 생물은 왜 다시 바다로 돌아가 고독한 고래가 되었을까. 나는 이끼였을까, 바다거북이었을까. 귀가 가려운 어느 날 청각을 잃으면 아가미가 돋을 것이다, 심해로 돌아가진 않을 것이다.

뼈들

홍수가 지나간 뒤로 이름이 생각 안 나요
고향 생각을 해보려 했는데 다른 마을이었어요
청개구리 한마리랑 더덕 뿌리가 자라 스쳐갔고
어쩐 일인지 말이 달라, 다르제, 다르드레요
내가 기억하는 건 여자의 노랫소리
하얀 발목이 떠올랐는데
도무지 돌아보질 않았어요, 분명 엄마를 불렀어요
골반뼈가 사라진 사타구니에서
사슴벌레 유충 두마리가 몸을 뒤섞어 뒤척이고
갈비뼈 두어개가 모자라 쓱쓱
바람이 뒤도 안 돌아보고 지나간 지 오래고요
다람쥐가 감춰놓고 잊은 도토리처럼 망각은 딱딱해요
처음엔 어색했을 거예요, 서걱이는 소리
삐걱이고 웅웅거리다가 또 울다가 깨진 복숭아
아직 어색한 건 단지, 아이의 것이었던 정강이뼈
다리는 자주 엄마를 찾아 덜컥거렸으니까요
함께 구름을 보았을 것이지만 기억이 다른 뼈들이
때론 자운영 피웠을 언덕에서
떡갈나무 묵은 나뭇잎 덮고 누웠을 언덕에서

남은 뼈들이 구덩이를 빠져나와 흘러 계곡에서
어른도 아닌, 남자도 아닌, 빨갱이도 아닌
죽어 세월이 지나서야 비로소 그렇게요
다행히 그동안 몇번 큰비가 내렸던 거죠

율리시스

애초에 분당선을 왕십리까지 끌어온 사람이 고맙다. 다리 하나를 더 설계해야 했을 것인데, 왕십리에서 떠난 열차는 압구정 로데오거리를 지나 강남구청역으로 간다. 여기서 갈아타면 고속터미널역으로 가고 4번 출구로 나가면 성모병원이다. 강남과 강북을 이토록 노골적으로 연결하다니, 좋다.

서랍 안엔 반쯤 찌그러진 죽염 치약과 작은 봉투에 따로 넣어둔 면봉 열댓개가 있다. 지하 일층엔 편의점이 있고 생활에 필요한 모든 용품이 있는데, 어머니는 입원을 오래 준비하셨던 모양이다. 혼자 앉아서 뭘 그렇게 챙기셨을까. 추억도 많이 담아 오셨다.

수술 대기실에서의 짧은 시간은 환자들에게 인생 전체일지 모른다. 홀로 깬 손녀가 갸름하고 긴 두 손가락으로 할머니 눈을 까뒤집곤 했단다. 손주들 생각만 나진 않았겠지. 아버지 얘긴 안 물어봤다. 사랑을 더 받으셔야 할 나이에 아버지는 죽었다.

열시간 만에 병실에 올라온 어머니는 네시간 동안 잠과

싸웠다. 남산 지하실에서 마흔여덟시간 넘게 잠을 안 재워서 죽는 줄 알았다, 하니 비몽사몽간에 개새끼들, 하신다. 그해 어머니는 갓 태어난 조카를 업고 남산을 올랐다. 된장독에 몇권의 책을 감추는 지혜를 발휘했다.

이사야서 41장 10절에 연필로 밑줄이 그어져 있다. 두려워하지말라 내가너와함께함이라 놀라지말라 나는너의하나님이됨이라 내가너를굳세게하리라 참으로너를도와주리라 참으로나의의로운오른손으로너를붙들리라. 잠을 이기시라고 마침표와 띄어쓰기가 생략된 문장을 읽어드렸다. 원래 성경엔 마침표가 없었는지 모르겠다. 하긴 영생불멸할 테니 애초에 필요 없을지 모르겠다.

원효도 제대로 공부하지 못한 내가 이스라엘의 선지자 이사야를 알 턱이 없다. 그가 남쪽 유다왕국의 왕족 출신이고 구약의 완성자인지는 어머니도 알지 못할 터였다. 예수의 재림을 예언했다는 것도. 더군다나 그는 삼년 동안 벌거벗고 다녔다. 아들이 벌거벗고 다니면서까지 선지자가 되는 걸 어머니는 안 좋아하실 터였다. 그래도 참 오래 벌거벗고 다닌 것 같다.

    자꾸 발 냄새가 나는 것 같아서 안절부절못했다. 사우나를 검색해보니 터미널 건너편에 하나가 있고 왕십리 우리 사무실 뒤편 맥주 가게 지하에도 있다. 겸사겸사 왕십리 쪽으로 가려 한다. 인간은 자주 자기 자신을 돌아보지 못한다. 집이 어디였는지 기억나지 않는다. 어머니는 나를 이해할 만하다, 하셨다.

운동하는 물체의 전기역학에 대하여[*]

절대운동은 없다.
운동은 곡선이고 세계는 뒤죽박죽되었다.

1919년 5월 29일 세계는 아인슈타인과 함께 새로운 길로
접어들었다.
　일제 강점기 3·1운동을 벌인 지 불과 석달이 안 되었을 때,
　상대성이론은 유대 기독교 문화의 도덕과 신념이라는 전
통적인 뿌리에서
　서구 사회를 잘라내버렸다.

　격렬한 동사들:
　타오르다, 약진하다, 작열하다, 선동하다,
　쏘다, 뒤흔들다, 점령하다, 격노하다, 격퇴하다, 결합시
키다,
　강제하다, 추방하다, 섬멸하다.

　사람들이 더없이 무자비해지고 잔인해지는 것은
　나쁜 마음 때문이 아니라 냉혹한 정의 때문이다.

한국의 기독교는 어느 정도 기복(祈福)에서 벗어났을지 모른다.

진보가 기복에 기대어 역사의 발전을 낙관하는 동안 말이다.

독재는 습관이다. 그것은 마침내 질병으로 변한다.

습관은 가장 훌륭한 인간이라도 짐승의 수준으로 타락시킬 수 있다.

사람과 시민은 독재로 인해 영원히 죽는다.

인간의 존엄성, 참회, 갱생으로 돌아가는 것은 거의 불가능하다.**

따뜻한 동사들:

끌어안다, 공감하다, 소통하다, 이해하다,

나누다, 헤어지다.

집단의 정의가 개인의 복수 행위보다 더 잔혹하다.

'진보'라는 절대운동은 없다.

바리캉 오일을 찾아서

강아지 이발기 세트 안엔 파란색 뚜껑의 조그만 기름통이 있다. 우리 집 푸들은 털이 비비 꼬이고 방향이 일정치 않아 이발기가 자주 헛돈다. 기름 몇방울의 쓸모를 그제야 알았다.

밤 열한시, 털을 반쯤 남겨둔 채 기름이 떨어졌다. 라이터 기름을 발라보고 자전거 체인 기름도 써봤는데 효과가 없다. 강아지는 우스꽝스러운 채 방치됐다. 다음 날 막내는 창피할 거라고 산책도 생략.

편의점에 가봤지만 있을 리가 없다. 이마트에 들러봤다. 기름 때문에 이발기 세트를 또 살 수는 없는 노릇. 다이소에 있을까. 소소하고 값싼 무리들 사이에 역시 찾을 수 없다. 애견센터 점원이 "올리브오일 써요" 하길래, 요란한 소리에 그날 밤 기계 망가진 줄 알았다.

'털 깎는 기계 기름' '미용 기계 기름'으로 네이버에 물어보니 '바리캉 오일'이 떴다. 빡빡머리 중학생 시절 바리캉. 인터넷 구입은 한통에 이천원. 머쓱해서 어디서 파는가 봤

더니 미용 재료상들이다. 상계동엔 없고 구로에 많다. 거기까지? 막내는 성화인데.

상왕십리 '왕십리 미용 재료'를 발견하고, 화들짝 버스에서 내려 가보았다. 한때 뜨개질 장인이었음 직한 아주머니께서 큰 건 없고 작은 것만 있다신다. 오일 하나에 천원, 세 개를 샀는데 새면 어쩌냐고 굳이 비닐봉투에 넣어주신다.

자주 쓰진 않지만 반드시 있어야 하는 것. 나도 그럴까. 누군가 찾아줄까.

서툰 아버지 탓에 막내는 새벽 한시까지 기다렸다가 강아지 목욕을 시켰다. 옷에 붙은 강아지 털 뭉치를 떼어내다 말고 소매에 매달린 젊은 날 치기를 발견했다. 얼른 털어냈다.

혁명가들

보국안민으로 뒤집자, 짚신을 삼던 해월만은 더 바짝 짚을 당겼다. 길이 먼 터였다. 모를 턱이 없었으니, 고통받는 것도 백성이요, 깨닫는 것도 백성이요, 뒤집는 것도 백성이요, 아무 일도 없었다는 듯 돌아앉을 사람도 백성이었다.

실패한 것들만 덧없이 남는다, 김지하가 『남녘땅 뱃노래』에서 말했던 건 주어가 좀 잘못되었다. 해월은 짚신이 닳고 닳도록 다니며, 토씨 하나까지 외운 『동경대전』을 꺼내놓지 않았다. 그저 곁에서 날씨 걱정만 했다. 남은 것들만 남는다.

입국(立國)은 사(私)다 공(公)이 아니다, 후쿠자와 유키치가 말했을 때, 힘 앞에서 의협심을 느끼는 개인이 곧 나라라는 뜻이었을 것. 아직 그 나라가 입국에 성공했는지는 전해 듣지 못했으나, 노동계급 또한 그 계급이 가진 무게를 견디고 있는지, 그러하였으나 로베스피에르는 목련 같고, 레닌은 장미 같고, 홍경래는 느티나무 같고, 췌장암에 걸려 떠난 김남주는 화산처럼 폭발해서 그만 굳어 세월을 뛰어넘은 현무암 같다.

광장에는 나무도 있고 돌도 있지만, 사람들은 바쁘다. 혁명은 사(私)다 공(公)이 아니다,라 새기고 돌아갔다. 세상이 변하자고 나를 불러낸 것이 아니라 그사이 변한 나와 나,들이 있었던 것. 뒷걸음쳐 멀리 돌아보니 그것은 숲이었다. 일상들이었다. 혁명가들이었다.

라면 한꺼번에 많이 끓이기, 그 실패와 성공의 역사

바람이 많이 부는 언덕은 사춘기 소년들에게 제격이다. 휘청이는 삶은 그때 몸에 밴 것이리라.

정환네 엄마는 도청의 꽤 높은 공무원이었다. 우리는 종종 정환이 돈으로 라면을 사서 끓여 먹었다. 성질 급하고 배고팠던 우리는 매번 물이 끓기도 전에 라면을 모조리 넣어버렸다. 퉁퉁 불은 그 맛없는 라면 앞에서 툴툴대면서도 서로 먼저 먹겠다고 직진했다. 나는 세상이 끓기도 전에 몸을 던져 번번이 쓰러졌다.

왕십리, 무학예식장 뒤편 자취방은 재래식 화장실 옆에 있었다. 다섯 식구의 옆방은 가난으로 부산스러웠고, 똥을 참는 버릇은 그때 생긴 것이리라.

조그만 아이들 셋을 불러 앉혀놓고 라면 두개로 넷이 배불리 먹는 요리를 했다. 잘게 부숴 불리면 엄지만큼 굵어진 라면이 배를 채웠다. 어느 날 말도 않고 삼십만원 보증금에 삼만원 월세방을 떴다. 아이들은 늘 배가 고팠다.

세상이 끓을 때까지 아이들이 기다려줄까 생각한다. 그럴 거 같다. 아직도 똥이 잘 안 나오는 건 나쁠 것이다.

지금도 가끔 춘천시 교동 언덕 위 우리의 아지트,
정환네 집으로 간다.

양미리

'꽁치'는 춘천 중앙시장 생선가게집 아들, 늘 비린내가 났다. 처음엔 약간 야릇했다가도 나중엔 결코 싫지 않은 냄새였다. 겨울 바닷가, 한적한 항구에서 풍기는 그런.

교실에 조개탄 난로를 피우면 '꽁치'는 가방에서 양미리를 꺼냈다. 생명과 죽음의 향찬 곁에서 자란 그에게 공부가 뭐 중요했을까. 생선가게집 아이는 동태 눈깔만 봐도 돈오(頓悟)할지 싶다. '꽁치'가 구운 양미리를 먹으면 입 주위가 온통 검은 비늘로 덮였다. 이윽고 입을 닦아낸 교복 소매까지 파도가 쳤다. 교실 가득 비린내를 풍기면 '꽁치'는 선생님에게 매를 맞았다. 흐흐, 저녁상을 한가득 차려낸 어머니같이 웃으면서.

그해 겨울, 감옥에서 나와 중앙시장에서 '꽁치'가 구위주는 양미리를 맛봤다. 세상에 대한 분노를 삭이질 못하고 목소리를 높였지만, '꽁치'는 그저 웃었다. 잘 익었어, 먹어봐. 차가운 눈은, 내리는 족족 녹아내렸다.

우체통이 늘 짜다

왼손에 우체통이 있다. 오른손 검지로 편지를 뜯어 열고, 얼른 본다. 우체통에 넣는다. 왼손이 붉어진다. 손목에 매달린 태양이 심장 가까이 간다. 열뜨게 한다. 사랑이 장거리를 달린다. 이별이 심장을 단련시킨다. 거리에, 종아리 통증에, 운동화 끈에, 잘게 부서진 시간이 묻어 있다. 오른손 검지가 편지를 쓴다. 지운다. 이모티콘을 고른다. 지운다. 우체통이 달콤한 단어를 너무 많이 먹는다. 플라타너스 잎이 뚝뚝. 우체통 옆에서 얼룩진 손을 씻는다. 지나치게 빨라. 열망이 달아오르려면 밤이 거리를 내놓아야 할 거야. 오른손 검지가 다시 편지를 뜯는다. 단풍이 들지 않는다. 노을이 아직 왼손에 오지 않는다. 아무것도 도착한 적 없다. 슬픔이 증발해 우체통 안에서 가루가 되었다. 우체통이 늘 짜다.

성천막국수

아우님, 건너편 약산에는 절벽이 있다고 했죠. 여직 양념에 길들여지지 못해 메밀내 폭폭, 어머니 자궁 속에서나 맡았을 동치미 냄새가 좋은 모양입니다. 절벽에도 꽃이 핀다고 했죠. 저는 그래서 답십리, 무릎도 제대로 펴지 못하는 국숫집에 드나드는 게지요.

형수님 살 까는 데 좋다, 했던 뽕잎차 떨어진 지 오래입니다. 막국수 두그릇을 시켜놓았는데 이상(李箱) 형님은 '봉선화'처럼 생긴 애인의 귀에 취해 뒷전입니다. 아우님, 제가 평양식 직설화법에 당황하자 가정법과 편견이 난무하는 서울말을 못 알아듣겠다고 했죠. 우린 도시에서 벗어나는 방법을 잘 몰라, 야생이 그리울 때 여기 서울에서 갈 곳은 답십리 사거리밖에 없답니다.

조그만 점방에서 라이터를 사다 말고 느린 걸음이 떠올랐습니다. 급한 게 뭐 있겠습니까마는 여름밤 반딧불이 사라진 까닭입니다. 믿기 어려우시겠지만, 안전은 개인의 문제이지 공적인 문제가 아니었습니다. 여긴 그렇습니다. 근자에 건강이 부쩍 나빠진 이상 형님은 성천*에 가고 싶어 안달

34

하십니다. 또 '죽어버릴까 그런 생각'을 하십니다. 매일 '벽
못에 걸린 다 해어진 내 저고리를 쳐다봅니다.'**

　아우님, 에둘러 다니다보니 자주 길을 잃습니다. 여기 꽃
은 화원에 피고 껍질째 가루 낸 메밀이 들어가야만 겨우 순
종할 생각을 잊는답니다. 답십리는 걸어야 제맛입니다. 긴
긴밤 십년이면 그리움도 깊어간답니까. 그저 막국수 한젓가
락에 아우님만 붙들고 신세 한탄입니다.

---

　* 이상이 요양차 한달가량 머문 평안남도 성천과 동명.
　** 이상 「산촌여정」에서 따옴.

수선(修繕)

    청바지 뒷주머니에 단추를 달았다. 몇번 지갑을 잃고 궁리 끝에 내린 결정이었다. 돋보기를 살짝 내린 수선집 아주머니가 왜?란 표정으로, 처음이라 하셨다. 세월이 낳은 숙련에게 솜씨는 찰나다. 단추를, 잠그자, 불쌍한 자본주의자가 되었다.

    겨울 외투의 단추를 당겨 달고 싶었다. 몇년 사이 살이 내리고, 품 사이로 찬 바람이 불쑥 손을 넣었다. 종로 르미에르 5층 작은 수선집 앞에 쪼그려 앉아, 아주머니의 굳은살이 누르는 바늘을 보았다. 겨우내 앞섶이 고독을 단단히 감싸주었다.

    단추를 몇개 마음에 달았는데, 바느질이 엉망이라 잘 열지 못하게 되었다. 잔소리를 들어야 했다. 삶은 낡아가고 도통 마음은 손보아 고치기가 어렵다. 마음을 끄집어내었다가 도로 보자기에 꼭 쌌다. 장롱 깊숙이 넣어두고 당분간 잊을 생각이다.

겨울방(房)

여름에는 얼굴이 까맣게 탔고
겨울엔 마음이 장작처럼 탔다.

혁소 형의 방, 춘천여고 건너편 작은 계단을 올라 방에 들어서면 눈처럼 소복이 시집들이 쌓여 있었다. 김준태 선생의 『참깨를 털면서』, 그 산그늘을 겨울방에서 만났다.

겨드랑이에 넣은 손이 겨우내 따듯했다.

준이 형의 방, 봉의동 골목 어귀 눈길을 조심스레 걸으며 찾아간 방에는 백지들이 눈처럼 쌓여 있었다. 펜에 잉크를 찍어 써낸 시들이 마치 새 같았다. 한장의 종이 안에서 저토록 자유로울 수 있단 말이지. 박정만 선생의 『잠자는 돌』, 그 연민을 겨울방에서 만났다.

함박눈에 갇힌 시간은 외롭다.
외로울 준비가 되어 있는 사람은 늘 강하다.
순백의 나라에 가면, 거기
겨울방에서 움튼 내가 나를 찾아 두리번거리던.

죽음조차 내 것이 아닌

 '무리'에 소속되기 위한 절차를 밟았다. 특별히 파란색 사인펜을 쓴 이유는 없다. 단지, 이름을 쓰다 말고 당의 존재에 대해 물었다. 스무살 적 배운 당은 세상을 바꾸기 위한 당이었다. 난해하게 번역된 책들에서 당은 늘 이상(理想)의 결집체였다.

 1984년 대입학력고사를 치르고 선거 포스터 부착 아르바이트를 했었다. 김대중 김영삼도 잘 모르던 소도시 문학소년의 눈에 신민당 출마자들은 지사 같았다. 포마드 머리가 근사했다. 뭣도 모르는 소년들 사이에 풀이라도 정성스레 바르자는 모종의 공모가 있었다.

 당의 전략은 임무와 임무가 쌓이고 겹쳐 완성된다. 명징한 권력의지로 가슴을 뜨겁게 데워야 한다. 그런 각오로 입당 원서를 쓰고 있는지 망설였지만 멈칫거림은 당원의 옷이 아니다. 잠시 시가 울었다. 새는 울지 않았다. 고독한 망명과 거침없는 행동, 비극적 죽음 또한 당과 연계되어 있다. 부조리한 국가에서 당원은 시인이다.

길어진 늦겨울의 햇살이 전략의 지루함처럼 낯선 책상을 비췄다. 궁금하지만 알 턱도 숨을 곳도 없다. 서명만 파랗게 빛났다. 생애 처음 당원이 되었다. 쓰고 있던 시, 마지막 구절에 마침표를 찍지 못한 채 임무를 부여받았다. 죽음조차 내 것이 아닌 당원이 되었다.

겨울 장례

백부의 부음을 듣다. 함박눈이 너무도 따뜻하게 내리다. 화천발전소 옆 월미식당에 어촌계 어른들이 모두 모이다. 두런두런. 쏘가리들이 일제히 강가 얼음 위로 꺼이꺼이 울다. 꺽지 몇마리 슬그머니 물비린내로 눈물을 감추다. 이내 함박눈에 생(生)이 묻히는 겨울밤.

소멸을 생각하다. 묵은 나뭇잎 위로 나뭇잎이 떨어져, 묵은 나뭇잎처럼 곧 사라질 듯한 백부의 얼굴을 쓰다듬다. 소나무 관엔 아직 생생한 송진 냄새가 남다. 소나무 관이 병풍 뒤에 놓이고 백부 옆에 누워보다. 죽음이란 이렇듯 마지막으로 아랫목에 누워보는 것. 뜨듯하게 등을 지져보는 것. 이내 겨울 땅속으로 차갑게 이별하는 것.

까마귀떼가 파로호로 날다. 강물 깊숙이 잉어의 비늘엔 나이테가 하나 늘다. '학생부군신위'를 쓰다. 붉은 포에 흰 글씨를 새기다. 곡을 할 때마다 백부의 수염이 하얗게 변해 가다. 눈이 그치는 소리가 땅으로 내려앉다. 달이 뜨다. 겨울 바람이 백부의 녹슬었던 잠을 하얗게 깨우다.

하지(夏至) 무렵

생선구이의 뼈를 모조리 발라낸 공주는
타박이 있어도 쓴맛을 봐버린 탓에 울지 않았다
끊임없이 친절을 베풀기 위해 애쓰는 동안
국운은 기울어 골목에는 서늘한 바람이 불었다

장수를 키워내지 못한 설움은 아직 이르다
사랑, 꿈, 의지는 종종 결핍으로 인해 체외수정했다
술잔에 몰래 눈물 한방울 보태주자
공주는 그만 자신이 평강이라고 고백했다

당신 안의 뜨거움은 기다림과 섞여 희석되었죠
불과 물이 만나도 사랑에 빠진다고 말했던가요
온달처럼 길을 잃었으나 이미 갈망을 마셔버린 뒤
그저 더위에게 모든 걸 돌리고 헤어져야 했다

지도에 그려진 곳인지 이젠 알 수 없다
여름을 밀어낼 듯 체념한 눈총이 폭우처럼 내렸지만
궁궐을 나온 공주는 아직 독주를 내리고 있을 터였다
북소리만 둥둥 남겨지고 그날, 고구려는 저물고

껍지

　백부가 돌아가시자 작은형은 배를 타고 나가 강물 위로 눈물을 보탰다. 껍지의 비늘에 점점이 박힌 눈물, 북한강에 별이 떴다.

　바다에서 자라 바다만큼 너른 사랑을 지닌 백부는 바다로 가, 바다만 한 사랑을 하고프셨을 것이다.

　작은형은 강이 낳은 아들이다. 백부는 바다로 가지 못하는 이유를 작은형 탓이라 여겼다.

　바짝 세운 껍지의 등지느러미가 작은형의 손에 자주 상처를 남겼다. 작은형은 매일 바다를 들이마셨다. 그날, 백부가 작은형을 불렀고, 또 별이 떴다.

제 2 부

알람브라궁전의 추억

그들 자신이 그들을 아는 것보다 지금의 내가 그들을 더 잘 알고 있다. 그들이 그라나다로 가기까지, 거기서 황혼을 붙잡아 벽돌을 빚고 그 벽돌로 붉은 감시탑을 짓게 된 이유를. 그것은 아주 허망한 일이었다.

지중해에서 달을 건질 수 있을 것이라 믿었겠지만, 그들은 대신 달빛을 붙잡아 흙과 개었고 그것으로 외벽을 마감했다. 달빛은 아직 궁전을 빠져나오지 못했다. 이슬람의 신은 바닷가를 서성이다 말고 엎드려 울었다.

바위를 스치는 바람의 소리를 들어라. 지금 내가 알고 있는 나보다 훗날의 그들이 나를 더 잘 이야기할 것. 기독교에게 사랑을 잃은 그들이 바람을 붙잡아 대리석 사이에 감췄다. 그것은 꽤 오래된 일이었다.

끝없이 두갈래로 갈라지는 길들이 있는 정원*

지쳤거나 심심하거나, 새로운 기분이 필요하거나, 그저 발길 닿는 대로였거나, 강북 어디를 돌고 돌아 집이었는지 길이었는지, 오늘이었는지 먼 훗날이었는지, 공간이었는지 시간이었는지 간에.

창문여고를 지나 장위동 방향으로 오른쪽 길을 올라가는 172번 버스는 종로경찰서 앞에서 탄다. 사십년 전 어디메, 기름 자국이 밴 봉지를 들고 아버지가 오셨는데, 춘천에 생긴 원주통닭집 길모퉁이 어디에서 돈을 세어보고 계실 거 같은 장위동. 하계동 장미아파트에서 내려 지하철 7호선으로 갈아타는 그 자리가 큰딸이 태어나던 시절 살던 하계시영아파트 6동 앞이다. 성북역에서 출발하는 마을버스 기사께 차비 오십원이 부족해 절절매던 날들이 마치 지금 같아서 등골에 진땀이 밴다. 거기서 만성 원형탈모증에 시달리며 살았다. 동전만 한 가난도 버릇일지 모른다.

사연 없이 목적지에 닿을 수 있을까. 비가 오거나 눈이 내릴 텐데. 창밖 국숫집들, 짬뽕집들이 부르는 노래를 들어보았다면, 진흙으로 귀를 막고. 111번 버스에 손을 묶고 눈을 가린 채 종로6가, 고대 앞, 종암동을 지난다. 고대 망각주는 스무살 폭풍을 감금하던 키클롭스의 술통에서 건져 왔던 것. 무교동을 출발한 항해는 의정부라는 돌풍을 만나 번번이 수락산역 3번 출구에서 난파되었다. 되찾아야 하는 것은 민주주의였는데, 민주라는 이름을 가진 당신이 홀로 아름다웠음을 애석해한다.

　은밀한 익명. 사명감, 책임감, 무게의 은폐. 이런 문장을 본 적이 있다. '황석영을 통해 몰랐던 세계를 알았고 분노했으며, 김지하에게서 시대의 슬픔을 보았고 시대와 나를 동일시하는 법을 익혔다. 이문열은 아련했다. 이상하게도 아련함 때문에 견딜 수 없었고, 지금도 이해할 수 없는 지점이 거기다. 아련함 때문에 세상을 바꾸고 싶었다.' 분노와 슬픔은 거리에 던져버릴 수 있으나 아련함은 자꾸 줄게 된다. 시청 앞까지 셔틀버스를 타고 세번의 건널목을 뛰어, 장비의 눈물 어린 장팔사모를 휘두르며, 명동을 홀로 뚫고 지난다. 산둥의 말소리와 호객꾼의 외침, 네온사인과 맞붙어 4호선 명동역까지, 자룡 조운의 세련된 창 솜씨에 주눅 들어, 늘 술에 젖어.

밤의 시간은 언제부터 도착이었는가. 단 한번의 사냥을 위한 완벽한 휴식. 낮의 시간은 언제부터 방랑이었는가. 문을 통해 들어가는 중이었던가, 나가는 중이었던가.

* 보르헤스의 소설 제목을 따옴. 보르헤스는 시간이 탑이나 기둥처럼 독자적으로 솟아 증식한다고 했다. 흐르지 않았다.

다슬기

왜 갔었나, 잘 기억나지 않는데, 충주호 따라 어느 노포(老
鋪), 혼자 올갱잇국을 먹다가 그만, 서러워졌다. 비가 내렸는
지, 추운 날이었는지, 고기 잡기를 그만두고 저녁 강에서 달
팽이를 잡던 작은형 생각 때문이었는지, 화천군 구만리 월
미식당에 남겨진 가족사를 떠올리며

한수저 마지막 국물을 한참, 들고 있었다.

딴산

    강원도 화천군 구만리, 전방에서 군 생활을 한 사람이 아니라면 일생 동안 듣지도, 가보기도 어려운 수복 지구. 부근에 화천발전소가 있고 전쟁의 상흔이 남은 꺼먹다리가 있다. 거기 북한강 상류 강변에 조그만 봉우리가 하나 있는데, 딴산이라 부른다.

    북한강의 수원지는 내금강. 금강산에서 봉우리 하나가 떨어져 나와 강을 따라 흐르다가 구만리에 정착했다는 전설이 딴산에 붙어 있다. 서로 맞춰보면 딱 맞는 절벽이 금강산 어디에 있다 한다. 그렇게 인연을 맺어 화천 사람들에게 금강산은 동네산이 되었다.

사막

서편으로 가는 동안 이별이 다가온다
사막은 깊고 멀어야 한다
별이 내려 작은 모래와 살을 맞대고
지나온 기억들은 반짝인다
부르카가 흔들리지 않는다
길을 잃지 않기 위한 느린 걸음

내가 낙타였을 때, 사막의 밤은
우주 저 끝의 이야기를 들려주었다
아라비아의 공주는 앞으로 뒤로
내 걸음의 리듬을 맞춰주었다
초승달 같은 눈을 만나면
지금도 나는 허리가 아프다
저녁을 향해 걷는 동안 나는 늘
모래처럼 작아졌다
모래 언덕이 수세기를 건너왔으나
지금도 모스크로 총총, 멀어져가는 사랑

모든 신들은 사막에 산다

목마른 자들만이 신들을 추억한다
숨을 곳이 없는 자들만이 죽음을 마주한다
심연이 이내 신들이 되곤 했던 그곳
걸음들이 깊은 발자국만큼 겸손해지곤 했던
사막 끝, 그곳 어디

111번 버스를 위하여

어깨를 내주었던, 읽던 줄을 자꾸 놓치니까 흔들흔들 집중력을 잡아주었던, 동대문과 종암동의 오래된 저녁 풍경을 나눠주었던, 무력한 현실의 도심과 망각이 떠다니는 동네, 그 사이를 오갔던 도덕과 그리움 사이를 멀리멀리, 되돌아가기를 포기하게 했던, 피로를 연료 삼아 조금씩 매연을 배출했던, 허기를 갈망으로 바꿔주었던, 보드라웠던, 반복적이었거나 혹은 처음이었던.

버스가 없다. 111번 버스가 없다. 양주행 111번 버스가 없다. 무교동 뒷길에서 회차하던 양주행 111번 버스에 내가 없다.

수십년 피로가 한꺼번에 밀려오는 듯 비틀대다가 주저앉고 말았다. 세월이 붉게, 남모르게, 같이 앉아주었다. 노선을 기다리며, 노을을 기다리며, 선율을 기다리며. 나의 중얼거림을 한번도 지루해하지 않았던, 오른쪽 앞에서 두번째 자리여, 안녕.

부산복집

터덜터덜, 오전부터 무거웠던 머리를 애써 들고 자유한국
당 건물 지하, 부산복집에 간다. 구천원짜리 까치복국을 시
키고 복껍질을 씹는다. 자잘한 기억들은 대부분 행복한 것
들이고, 행복한 것들이 이상하게 눈물을 만든다.

복국에 식초를 치고 미나리와 콩나물을 함께 집어 입속
에 넣는다. 개혁인지 통합인지, 가시를 발라내는 데 신경을
쓰다가 후배들의 이야기를 놓치고 말았다. 개혁이 곧 통합
아닌가? 되물어보았지만 오늘따라 고추된장무침이 짜다.

밥을 반만 만다. 배가 많이 나왔다. 웃옷에 묻은 먼지는 털
리지 않는다. 어디까지 가야 할까. 민주당 건물 엘리베이터
구층을 누르고 고개를 숙인다. 신발이 낡았구나. 배가 볼록
해진 복처럼 세상도 커졌겠구나.

노고산동 54-38

유독 오른팔만 땅기기 시작한 게, 지금 생각해보면 지하실로 책들을 옮겨놓은 뒤였다. 바다였다가 산이었다가, 과거가 뒤죽박죽 뒤섞인 곳이 서재라는 걸 알게 되었는데, 지금은 미얀마로 바뀐, 낡은 버마 여행기를 사 온 그날 어깨가 아파 잠에서 깼다. 그를 위해 한 페이지에서 참 오래 머물렀다.

비 오는 날에는 여자를 데려왔다. 몸도 없이 얼굴만 데리고 오는 날도 있었다. 다리 없는 여자는 구름처럼 떠다녔다. 스물몇번을 거듭했으니 비도 참 자주 내렸다. 골목을 두번 꺾어진 건물에는 바람 불지 않는 날에도 꽃잎이 흩날렸다. 여자는 비에 젖은 채 하늘로 올라갔다. 그만 데려오라고 하자, 희대의 살인마가 살던 집 아래 식당이 화제가 되었다. 6월은 여자들의 죽음만큼 반복되었고 팔이 땅길 때마다 나는 다니구치 지로의 『열네살』을 펼쳤다. 시간의 흐름을 바꾸지 못하는 가벼운 현기증.

그날, 머리에서 피를 뚝뚝 흘리며 내 야전침대에 그가 앉아 있었다. '아, 놀래라.' 그런 날은 머리가 하얗게 센 친구들이 왔다 갔다. 기억은 서재만큼 쌓이고 오래되었다. 또 낡아갔다. 만화책을 사 모으기 시작한 것도 그때쯤이었다. 점심 뒤에는 골목 옆 헌책방 '숨어 있는 책'에 가서 만화책을 골랐다.

지하실 번호키를 0108로 해놨는데 교회 집사인 후배가 1004로 바꿔놓았다. 바닥에 빗물이 고이더니 앞뒤 길이 맞지 않는 과거로 그가 떠났다. 어깨는 아프지 않았다. 증류주는 증발되었다. 벽이 갈라져 아저씨를 불렀다. 지난날을 말끔히 수리해버리면서 나도 같이 버렸다.

새떼

좀 비루하게 혼자 걸어왔는데, 이런 걸음도 무리에 섞였습니다. 윗집 소음 때문에 매번 신경만 날카로워졌죠. 소음이 모여 함성이 되면 날아오를 수도 있었군요. 겨드랑이가 가려운 느낌으로 광화문에서 명동역까지 걸었습니다.

몇개의 언덕이 앞에 있었지만 아이들에게는 저녁을 먹였고요, 간혹 거짓말처럼 하늘을 날았습니다. 골목골목 오가는 이들도 광장에서 그리 멀리까지 가진 않았을 겁니다. 분노가 모이면 무엇이 될까? 참 궁금했는데, 낮은 언덕 하나가 만들어지고 있었습니다.

고마워요. 돌아와 국을 데우는 동안, 그 미지근한 시간도 불의를 돌려세우기에 충분한 시간이었더군요. 먼 훗날 새떼가 날아간 방향으로 이정표 하나가 서겠죠. 그것만으로 행복한 밤, 주먹을 쥐고 욱신거리는 어깻죽지를 탕! 탕! 두드렸습니다.

경장(更張)*

'경장'의 재발견. 마음속에서 잘 떠나질 않는다. 느슨해진 거문고 줄을 고쳐 맨다는 뜻.

혁명이란 단어를 오랫동안 품고 살았다. 용맹정진하기엔 미련이 많은, 의지박약형 인간인 내가 혁명을 꿈꾼 건 오직 스무살 뜨거운 가슴속으로 밀고 들어온 '광주' 때문이었다. 그러나 혁명의 피 냄새는 늘 두려웠다. 늦었지만 고백한다.

'경장'에 담긴 두가지 의미가 맘에 든다. 거문고를 부숴버리지 않고 줄만 고쳐 맨다는 것, 그 결과가 조화를 부르는 소리라는 것.

* '경장'의 출처는 '해현경장(解弦更張)'. 한무제가 널리 인재를 구하고자 할 때, 동중서가 올린 「현량대책」에 담겨 있다. "거문고를 연주할 때 소리가 조화를 이루지 못하는 경우가 심해지면 반드시 줄을 풀어서 고쳐 매어야 제대로 연주할 수 있습니다"라고 했다.

파국을 걱정하며[*]

새로운 천사는 불안해 보입니다.

—유토피아에서 불어오는 폭풍이 디스토피아일지 모를 미래로 천사를 밀어붙이기 때문입니다. 천사는 날개를 접어 과거의 파편들을 줍고 싶지만 그럴 수가 없기 때문에 불안한 것입니다.

진보에게는 인내심이 필요한 것 같습니다.

—승리한 적이 없었으니까요. 역사를 배반한 자들만이 살아 있습니다. 죽은 자들을 살려낸다는 것이 무엇인지 생각해보시기 바랍니다. 승리하지 않으면 죽은 자들조차 안전하지 못합니다. 누가 역사를 필요로 하겠습니까. 서사를 공유해보지 못한 사람은 항상 배반의 이유를 찾고 결국 진보를 견디지 못합니다. 폭풍을 견딜 인내심이 부족했던 것입니다. 역사를 필요로 하는 사람이 죽은 자들을 살려냅니다.

역사는 진보한다고 합니다.

—반드시 진보해야 한다는 생각은 역사의 모든 역동성을 단순화한 결과입니다. 작은 승리를 큰 승리로 착각한 자들에 의해 파국이 시작됩니다.

시대에 맞춰 유연해져야 한다고 생각합니다.

—진보의 미덕은 한번 세운 뜻과 함께 사라지는 것입니다. 그 원칙으로 변화를 가져왔든 실패했든, 그 원칙에 오류가 증명되었든, 상황이 바뀌었을 때 과감히 그 시대와 함께 사라져야 합니다. 새로운 천사가 그 자리를 대신합니다. 유연해지는 것은 오직 삶이며 유연해지는 순간 역사의 천사가 될 수 없습니다.

극단에서 항상 극단으로 가는 것 같습니다.

—그렇습니다. 미래로 가버린 것입니다. 역사의 천사는 현실을 버팁니다. 쓸쓸함을 견딥니다.

* 파울 클레와 발터 베냐민의 대화 『새로운 천사는 왜 역사적 천사인가』 3부 「서사의 빈곤, 진보의 외로움에 대하여」 중에서. 이 책은 뮌헨에서 나치가 권력을 잡은 1933년 출간된 직후 압수 폐기되었으나 보르헤스가 아르헨티나 국립도서관장으로 있던 1958년 발굴되어 세상에 알려졌다. 아르헨티나로 피신한 나치 전범자의 은밀한 유산이었을 것이다.

메기

파로호의 메기는 물안개를 먹고 산다.

안개는 추문을 감추지만, 흐릿하게, 아주 잊히지 않을 만큼만, 아는 사람들만 알 정도로만 사랑을 드러낸다. 깊은 자맥질. 강을 흐린 메기의 흔적만 쫓을 뿐, 미끄덩, 손에서 빠져나간 기억들을 주워 담기에 우리들 마음이 너무 가난하다.

주낙을 드리우고 물안개를 기다렸다.

강물이 안개와 뒤섞여 낡은 거룻배의 바닥에서 찰랑댈 때 저녁의 메기들이 옛일을 떠올렸다. 안개를 좋아했던 작은 형의 두툼한 손이 지금도 뒤춤을 잡곤 한다. 파로호에서는 메기가 우리를 선택했다. 번번이 빈 주낙 때문에 낙담할 것 없다.

귀면암의 겨울

손목을 보는 버릇이 있다. 뼈다구가 궁금하다. 겨울산을 다니며 산의 뼈를 본 뒤부터. 뼈가 가는 사람은 애틋하다. 손목을 오래오래 잡고 멀리멀리 가고 싶다. 굵은 뼈를 보면 북방의 찬 바람 앞에 선 기분이다.

겨울산이 주는 솔직함이 좋다. 민얼굴, 노골적인 주름, 웃통을 벗어젖힌 근육, 잘못을 고백해도 될 듯하다. 시작과 끝이 시간을 거슬러 만나는 느낌이다.

겨울 금강 개골산. 만물상으로 가는 긴 계단 초입에 귀면암이 서 있다. 나무도, 길도, 능선도, 또 나도 귀면암 앞에서 뼈를 드러낸다. 동면을 지키는 귀면암. 바람만 간혹 방향을 잃고, 겨울산들이 남쪽을 향해 내달렸다.

밥상

마를루아 부인은 저녁을 차렸다. 물에 기름, 빵과 소금을
넣고 만든 수프, 돼지비계 조금, 양고기 한조각, 무화과, 생
치즈, 그리고 호밀빵 한덩어리였다. 마를루아 부인은 주교
의 그런 평상시 식사에 보르와인 한병을 보탰다. (빅토르 위
고 『레미제라블』, 1862)

설날인 14일 오전 11시 10분께는 부산 서구 모 여인숙에
서 장기투숙 중이던 B씨(56)가 숨진 채 쓰러져 있는 것을 여
인숙 주인이 발견해 경찰에 신고했다. 경찰에서 여인숙 주
인은 "명절에 밥상을 차려주기 위해 B씨의 방을 찾았으나
인기척이 없어 방문을 열어보니 방 안에 술병과 함께 B씨가
반듯한 자세로 누워 있었다"고 진술했다. (「얼룩진 설 연휴, 사
건·사고 잇따라」, 뉴시스 2010년 2월 15일)

잘 차려진 밥상을 받는 꿈은 말 그대로 본인의 일, 사업,
업무와 관련해서 풍성한 대가를 받게 됨을 암시한다. 고기
나 떡을 먹는 꿈은 특정한 일, 업무에 대한 대가를 의미한다.
하지만 날고기를 먹거나 생쌀을 먹는 꿈은 사건, 사고를 의
미하니 구별해야 한다. (「좋은 꿈」, 매일신문 2009년 2월 5일)

깊은 추위 속에 익어가는 것들이 있다. 아랫목 이불 밑에 살들이 닿고, 미움과 서러움이 사위어간다. 그사이 아버지는 연탄불을 갈고 어머니는 푹 익은 김치를 썰어 죽을 끓이고 누나는 옛날이야기를 들려주었다. 겨울엔 수줍어하며 당신의 속도에 맞춰주는 사람들이 있다. (신동호 「김치죽」, 2018)

따뜻한 밥상

세상 한복판을 흐르는 물줄기를
따뜻하게 바꿔보려는 것
이것이 김근태의 가슴에 담긴 결의였다

자발적 가난함이나
사이좋게 지내자는 것이
어찌 삶의 지표가 될 수 있을까

'따뜻한'은
'조금 부족함에 만족한다'는 말이다
'함께 먹기 위해 기다린다'는 말이다

별이 저 혼자 빛나고 있는데
도시의 불빛들은 스스로 별이라 생각했다
수명을 다한 불빛들이 간혹 깜박이는 동안
밤새 별을 바라보다, 배부른 이들도 생겨났다

그에게 '밥상'은
'일하고 있다'는 진행형이며

'둘러앉는다'는 동사이다

그러나 목표로 했고 지표로 삼았다

삶고 찌고 굽는 시간들
밝지도 어둡지도 않은 그늘의 시간들
주머니가 많은 옷을 입지만
그저 주머니에 담긴 채 하루를 보내는
물건의 시간들

'따뜻한 밥상'은
'욕망이 멈춘 시간'이다
'감수성이 살아나는 시간'이다

세상 한복판을 흐르는 물줄기가
따뜻해질 때까지 가보자는 것
이것이 김근태의 가슴에 담긴 결의였다

마장동

마장동에서는 네발로 걸어도 된다
간혹 소처럼 우우 울어도 뭐라 안 한다

소가 흘린 만큼 눈물을 쏟아내도
그저 슬그머니 소주 한병 가져다놓는 곳

죽음을 담아 삶으로 내놓기를 반복해서
달구지 구르듯 고기 굽는 소리 들리는 곳

인생도 굴러가다보면 깨닫는 게 있고
닳고 닳아 삐걱이다보면 기준도 생기는 법

축산물시장의 처녑에선 풀 냄새가 난다
한숨을 주워 담는 어머니들이 있다

막막한 꿈이 흔들거릴 땐 마장동에 간다
네발로 기다가 끔뻑끔뻑, 울어도 좋을

깔마 꼬레아* 여행 가이드북

1

나는 호르헤다.

부에노스아이레스에 산다.

국립 아르헨티나도서관 사서다.

얼마 전 알렙출판사의 스페인어판

깔마 꼬레아 여행 안내서가 들어왔다.

지금 당장 땅을 뚫기 시작하면

언젠간 깔마 꼬레아로 나올 것이다.

오랫동안 맞서던 두 나라가 합쳤다.

증오와 미움을 이겨냈다.

애초에 없었던 건지도 모른다.

나도 가만히 박수 쳤다.

검색으로는 남쪽 정보만 가득하다.

알렙출판사에 경의를.

철새처럼 여행 계획을 세워본다.

나에게는 굴착기가 없으니까.

2

그새 파장이 여기까지 닿았다.

평화는 감염력이 크다.
가우초들의 단도는 적개심을 썰어냈다.

깔마 꼬레아에서 가볼 곳은 세곳이다.
평화협정에 서명한 판문점,
New Triangle Age를 공표한 금강산,
바다 위 어디, 하나의 꼬레아 기념탑.
칼로는 제주도 유채꽃을 추천했지만
나는 개마고원에서 들쭉을 볼 작정이다.

입국은 평양 순안공항으로 정한다.
평부선을 타고 봉동역에 가서
판문점까지는 자전거를 타면 된다.
안내서는 인천공항을 추천한다.

전쟁과 정전, 종전과 평화.
과거는 팜파스의 소들처럼 느긋하다.
협정서에 남겨진 서명은 아직 힘차다.
강대국 사이에서 이뤄낸 반전은

두고두고 세계의 교과서에 남을 것이다.

깔마 꼬레아의 강원도는 산악지대다.
사람들은 안데스처럼 높고 강하다.
남북 강원도의 사람들이 먼저 깔마를 선언했다.
드레이크해협의 거친 파고를 넘었다.
군부대에는 채소와 생선 가공 공장을 세우고,
의회는 새로운 자치법을 통과시켰다.
일본과 중국이 투자한 회사들은
시베리아로 동남아시아로 물자를 날랐다.
유엔 기구들이 속초와 원산에 지부를 냈다.
예상했던 것보다 훨씬 눈부시게 협력했다.
그렇게 깔마 꼬레아는 십년,
남과 북, 강원도 세 나라로 살았다.
금강산에 차곡차곡 쌓인, 짧은 역사는
이별과 만남, 열망의 기나긴 기록이다.

하나의 꼬레아 기념탑은 바다에 세워졌다.
장산곶과 백령도 사이.

안내서에 의하면 효녀 심청의 바다다.
해금강호는 금강산에서 호텔로 사용했다.
남쪽 바다를 돌아 한달 만에 서해로 왔다.
평화도서관이 되어 섬들을 방문한다.
선상에서 비극적인 세월을 끝냈다.
장산곶매가 해금강호 위를 맴돌았다.
통합에 서명한 북쪽 지도자는 총리가 되었다.
메르켈처럼.
남쪽 지도자는 시베리아를 도보로 횡단했다.
구도자처럼.

나는 시간의 순서대로 여행을 계획한다.
금강산에서는 칼로에게 엽서를 쓸 것이다.
작은 어선을 타고 바다로 갈 것이다.
바다와 파도는 둘이 아니었다.**

　　3
젓가락 몇개를 사려 한다.
놋쇠는 반짝인다.

황금은 언제나 우리를 몰락시킨다.

서툰 젓가락질로 평양냉면과 사곳냉면을 먹을 것이다.

안내서에서는 백령도 장촌냉면집을 추천한다.

순한 것에는 과거를 묻지 말아야 한다.

많은 곳에 '팔도'라는 접두사의 간판이 붙었다.

팔도비빔밥, 팔도막걸리, 팔도숯불갈비.

여덟개의 마음이 팔도라는 이름으로 활짝 폈다.

깔마 꼬레아의 음식엔 고추가 들었다.

안데스에서 스페인을 거쳐 전해진 것이다.

소주를 마셔보고 싶다.

고추와 소주가 인내를 길렀다,고 쓰여 있다.

칼로를 위해 선전화를 살 것이다.***

과거는 리베라의 색채로 선명하게 살아 있다.

철조망을 녹여 만들었다는 십자가가

좋은 기념품이 될 것이다.

비무장지대는 거대한 자연공원이다.

습기를 머금은 듯, 오솔길 사진이 축축하다.

북쪽 출신 작가들이

깔마 꼬레아에서 대중소설 붐을 일으켰다.
쉽게 읽고 추억하고 눈물을 흘린다.
남쪽 출신 작가들은 철학자가 되었다.****
지난해 노벨문학상은 깔마 꼬레아에게 돌아갔다.
「북한강」의 시인은 수상 소감에서 이렇게 말했다.
분단이 나를 낳고, 평화가 나를 키웠다.

　　　4
이제 동북아시아가 신대륙이다.
이번 여행으로 깔마를 경험하면
인디언 로드마스터를 부지런한 낙타로 길들이고,
부산에서 출발하여 블라디보스토크로
바이칼호를 지나 예카테린부르크로
베를린을 거쳐 안달루시아로 가고 싶다.
칼로와 함께.
깔마 꼬레아 여행 안내서 마지막 장엔
간단한 회화가 적혀 있다.
반갑습니다, 밥은 드셨나요, 얼마예요.
도서관 앞 보르헤스 동상에 눈이 내린다.

깔마 꼬레아는 한여름일 것이다.
우루과이에서 손님이 올 시간이다.
친절하게 마테차를 준비하고,
그사이에 연차계획서를 작성한다.
「북한강」의 번역도 서둘러야 한다.

* 깔마 꼬레아는 2045년 11월 3일 통일되었다. 깔마는 스페인어로 평화, 고요를 뜻한다.
** 원효가 『대승기신론소』에서 했던 말, "파도와 바다는 둘이 아니다(不二)".
*** 소련 해체, 중국 개혁개방 이후 선전화는 서방 세계의 가장 인기 있는 상품이 되었다.
**** 독일이 통일된 뒤, 동독 출신 작가들은 대중적 작품으로 성공했으며 서독 출신 작가들은 심연으로 더욱 깊이 들어갔다.

여의도

여의도는 시간을 삼켜 욕망을 걸러내는 수염고래. 젊음이 노회한 대화에 익숙해져 그만 시간의 흐름을 잃은, 의도적 의심과 본의 아닌 감춤이 계속되면 삼단논법처럼 어처구니없는 결론에 이른다. 진실은 다른 진실로 인해 묻히곤 하는데, 사람의 숫자만큼 수없는 메시지가 만들어지는 고래 배 속. 숱하게 계속되는 약속들이 제각각의 해석으로 헤어지고 아무도 살아 나오지 못할 것이라는 걸 아무도 모르는 배 속.

여의도는 공범만 남겨두고 위선을 뱉어버리는 수염고래. 그저 늙은 고래가 대양을 헤엄치다가 쓸쓸히 죽어갈까. 간혹 미라처럼 남겨진 죽음이 전략이라 불리며 떠도는, 꽃잎 같은 젊음을 줍지만 너무 멀리 가버린 사랑들. 폐를 버리지 못한 고래가 끝내 수면에 떠오르는 동안 여의도 밖, 느린 시간의 유혹으로 친구 몇몇이 떠났다.

금강전도(金剛全圖)

아버지는 여수에서 나셨고
춘천에서 숟가락을 놓으셨다

나 또한 이 땅에서 죽게 될 것이다
우리말로 시를 쓰고,
한국 사람으로서의 면목을 잃지 않으면서

임진 전란을 겪고 나서
조선 사람들은 '우리'를 자각했다
젊은 율곡은 금강산에서 조선을 보았다
겸재가 중국 화풍을 버리고,
떡을 써는 어머니의 가르침을
석봉이 받았다
남사당이 찬란하게 익어갔다

아버지는 아버지대로 나는 나대로
걸었다, 같은 길이었다

구룡폭포

이야기는 구룡폭포에 이르러 이어진다. 물소리와 물빛에 취할 것 같지만 사람에 취하기 십상이다. 아홉굽이를 함께 돌아가는 동안 감추는 법을, 은유하는 방법을 잊어버린다. 직정으로 내리꽂히는 구룡폭포에 다다랐을 때 비로소 고백하게 된다. 폭포의 힘이다.

억지로 가슴을 열어 내보여도, 같은 언어를 써도 어쩌면 그것 때문에 오해가 생길지 모른다. 나뉘어 사는 동안 북한에서는 오징어를 낙지로, 낙지를 오징어로 부른다. 따지지 말고, 그럴 땐 가만히 손을 잡아보는 게 최고다.

금강산이란 이름이 바뀔 뻔한 몇번의 위기가 있었다. 다행히 레닌그라드 같은 새로운 작명이 이루어지지 않았다. 전설이란 전설의 주인공을 위해서가 아니라 전설을 이야기하는 민초들을 위해 존재한다. 다 하지 못할 것이란 늘 있는 법이다.

제 3 부

새벽강

눈이었던 날이 지나갔다

삼일 밤낮이 걸려
겨우, 소식을 전해 들었다
서쪽 바람이 동쪽 기억을 밀어냈다
강물의 정수리 위로

달빛이 내려와 앉았다
밤낮이 뒤섞이던 세한이었다

피라미

피라미들이 피라미를 잡으며 목소리가 굵어지고 허리가 가늘어졌다.

짐짓 대물이 된 몇몇은 가출하였으나 이슬이 내리기도 전에 피라미로 돌아왔다. 여름의 무용담이 시시해지는 사이 훌쩍 키가 자란 피라미들이 뿔뿔이 집을 떠났다.

피라미야말로 미숙한 낚시꾼들의 스승이다. 떡밥도 물고, 구더기도 물고, 북한강에서든 동강에서든 배고픈 우리들은 피라미에 튀김옷을 입혔고, 술잔에는 우리끼리의 무용담을 부었다.

그해 가을, 안기부 지하실에서 한 수사관이 의자를 걷어찼다. 널브러진 채 안경을 더듬을 때, 난 거물을 수사한 적이 없어, 넌 피라미야,라고 말했다.

허둥지둥, 휘어진 안경다리를 펴며 피라미들의 이름을 하나씩 곱씹어보았다.

빙어

입하(立夏).

여름이 시작될 무렵, 이별이 있었다. 아버지는 가슴이 답답하다고 수박을 드셨다고 한다. 소양강의 겨울처럼 빙어의 몸뚱이는 투명했고, 수박 냄새가 났다. 법 없이도 살 사람. 이웃들의 평판이 가족들에게는 늘 부질없는 일일지 모른다. 손때 묻은 낚시 가방 몇개, 이젠 물고기들의 소식을 전하지 못할 찌들, 부스러진 떡밥들만 내게 남았다.

입동(立冬).

겨울강은 비린내까지 얼려버렸다. 얼음 구멍을 뚫고 아버지는 가장으로서의 책임감을 건져 올리셨으리라. 아버지, 나는 아직도 발이 시려요, 지난여름 털신을 사놓고 바보같이 잊고 말았어요, 법은 낡고 무거운 아버지의 솜옷 같아요. 소심해진 빙어가 구더기를 마저 삼키지 못한 채 하염없이 차가운 세상을 맴돌았다. 추위 속에서 빙어만 자꾸 투명해졌다.

반포대교를 건너다

구명보트는 묶여 있고 나는 무기력에 시달린다

노모의 몸속에서 암이 발견되었다
오십년 먼저 한배 속에서 자란 나는 암의 형이다

몸 안에서 키운 모든 것들은 모성을 자극한다
불행은 가까이 있고 문제는 늘 정지의 순간이다
나는 단호하게 암의 살해 문서에 서명했다

암덩어리는 너무나 자주 나를 암이라 불렀다
빈틈을 찾아 뇌수로 숨어들었다

다리는 가로로 놓여 있고 비는 수직으로 꽂힌다
구명보트의 열쇠를 가진 선원들은 도망갔다
형제 살해의 유전자가 방사선을 따라 심장에 박혔다

구명보트가 떠야 나는 집으로 가게 될 것이다

옛날 옛적에 훠어이 훠이[*]

갈아입지 않고, 옷을 입은 채 잠든다. 오늘의 나를 그대로 내일로 데려가고 싶을 때, 그렇게 한다. 책장을 덮지 않고 엎어두면 계속 읽고 있는 기분이 든다. 신발을 꺾어 신으면 곧 집으로 돌아갈 것 같다.

바위 아래 아기 장수의 내일 한방울, 바위를 옮기던 마을 사람들의 오늘 한방울. 눈물은 그다지 오래가지 않는다. 부동자세로 오래 서 있다보면 억압조차, 비굴조차, 나조차 사랑하게 된다.

[*] 최인훈의 희곡.

상계1동

술 취한 날엔 갈 수 없는 길이 있다

중랑천을 따라 가난이 줄지어 있었지만
지붕이 낮아 호박 줄기들이 올라갔고
작은 텃밭의 생명을 애써 눈치챈 할머니는
아직 아이처럼 얌전하게 숨을 쉰다

의정부는 지척에서 밀려난 자들을 유혹한다
천상병의 시들이 어미 대신 울어주는 마을
친구가 없는 지적장애 3급인 소녀는
가게마다 들러 알은척을 하다가 지쳤다

종점에서 마을버스가 시동을 끈다

입원

강아지 털을 깎아주었다. 밀린 일이 있는데 손에 잡히질
않았다. 사슴벌레 수컷의 몸에 진드기가 붙어 물로 씻어주
었다. 아들 팬티가 자꾸 엉덩이에 끼어 내 것으로 갈아입었
다. 천장에 붙어 있을 모기를 찾다가 그만두었다.

작년에 베를린에서 가져온 봉지 담배를 한대 말아 피우고
막둥이의 고무 딱지가 몇개 남아 있는지 세어보았다. 아침
이 욕실에서 나오지 않았다. 오래도록 집을 비울 것처럼 괜
히 구석구석 살펴보았지만, 추리닝 바지를 다시 빼내었다.

구름이 가끔 그늘을 데리고 지나갔다. 강아지가 그때마다
짖었고 뉴스 채널을 바둑 채널로 바꾸었다. 2월부터 신은 신
발에 탈취제를 뿌리고 사슴벌레 암컷을 기다렸다. 양말이랑
같이 빨랫대에 걸려 흔들거리는 아침이 아주 낯익었다.

탓
백석의 자작나무에게

남도에 가닿아 흰밥 한수저에 새우젓 하나 얹어보았는데, 참 맛깔났는데, 우풍 드는 방구석이 그리운 건 순전히 변방에서 자란 탓이다

툇마루를 닦고 또 닦은들 해가 기울면 비릿한 내음이 다시 풍겨올 것, 무덤같이 이불 속 어둠이 편안해질 것, 외로움이 뭔지 겪어보지 못한 탓이다

흥에 겨워본 일 없는 생(生), 권력이 거추장스럽고 사랑이 불편하다면 도대체 어디에 머물러 너의 마음을 훔쳐낼 수 있을까, 스스로를 미워한 탓이다

확신에 찬 사람들이 물러서지 않고, 그것을 원칙이라 하는 동안 이리 흔들 저리 흔들 왜 부끄러워했을까, 그 어떤 삶조차 긍정했던 탓이다

북방에 가닿아 국수 한그릇 받았는데, 거칠게 빻은 메밀을 씹어보는데, 눈물이 그리운 건 너무 오래 입속말들을 삼키지 못한 탓이다.

잉어

파로호 깊은 바닥엔 산둥성 가오미 지방의 붉은 수수가
자란다. 습기 가득한 장마철, 잉어들이 들쩍지근한 술 냄새
에 취해 수면을 박차고 긴 옥수수밭 사이로 유영했다. 육신
이 강 안으로 흩어져 죽음들은 쉬 돌아가지 못했다. 밤새 뻐
끔뻐끔, 소리 내지 못하고 울었다.

아버지는 잉어에 집착했다. 마지막 전투에서 청력을 잃었
고, 마치 잉어 때문인 것처럼 무념의 낚싯줄을 자주 드리웠
다. 아버지 역시 돌아가지 않았으므로 전쟁이 계속되었다.
중공군의 눈알을 파먹고 자란 잉어들이라고, 소문이 무성했
던 터였다.

빗물이 급하게 구르는 구만리 산기슭을 잉어를 쫓아 헤엄
치곤 했다. 예배당의 개들이 심판의 날처럼 어슬렁거리다가
한꺼번에 달려들었다. 몇가닥의 엉킨 낚싯줄을 끊어주었고,
효자를 기다리라고 알려주었다. 오랜 싸움이 끝나자 잉어들
이 태몽으로 돌아왔다.

단(旦)

해가 떠오른다.

평원이나 바닷가에 살았던 사람들은 하늘을 보기 위해 고개를 들지 않아도 되었다. 빌딩 숲에 사는 우리들은 하늘을 보기 위해 고개를 들어야 한다.

바로 선 채 진실을 마주하는 일. 참으로 두려운 일이다.

빛은 실체를 드러낸다. 굴절도 반사도 반짝임도 희미함도 실체에서 비롯된다. 지금 우리는 비겁한 방법으로 감춰왔던 그 실체에 접근 중이다. 해가 뜨니 색이 드러났다.

옷 의(衣) 자를 붙이면 단(袒) 자가 된다. 웃통을 벗는다는 뜻. 웃통을 벗으면 나의 실체가 드러날까.

바람이 차겠다.

새서울병원

그 다리는 삐걱거렸다. 위아래로 흔들리는 것 같기도 했고 어쩌면 좌우로? 무릎이 아팠던 건 그때부터였는지 모른다. 의사는 보자마자 물이 찼다고 했다. 물이, 작은형이 왔던 것일까. 물이 차면, 수면이 내려갈 것처럼 형은 술만 마셨다. 고기들도 물살을 피해 깊숙하게 숨었다. 벼랑 밑, 바위 아래, 영혼은 분명 거기에 머물렀던 것이다. 고기들이 붙잡혀 지겹게 그날의 얘기를 들었다.

포격이었는지, 일점사격이었는지 알 도리가 없지만 구멍 뚫린 무릎으로 물이 흘렀고, 시렸다. 관절 가까이 주사기를 꽂아 물을 뺐다. 수문을 걸어 잠그고 창문을 활짝 열었다. 햇빛이 든 강은 비쩍 말라 삐걱댔다. 더위 먹은 물고기들이 자주 수면에 뛰어올랐고 후베이성, 흙탕물 넘치던 황하의 어린 아들들이 그제야 물가에 나와 까맣게 마른 몸을 말렸다. 촉의 병사였다가 오의 병사가 되길 반복했고, 국민당군에서 신사군이 되는 건 아무 일도 아니었다.

그 다리도 꺼멓게 말라 삐걱거렸다. 작은형은 때를 만난 듯 마른 강물에 그물을 내렸다. 살찐 고기들에 욕심을 부렸다. 가물면 몸을 말린 영혼들이 자신의 시체를 끌어 올렸다.

　의사는 소염진통제를 처방했다. 통증이 사라질 리 없다. 군수가 바뀌고 다리 수리를 수주한 인부들이 이정표를 만들어 세웠다. 전적지가 관광지로 바뀐 건 영혼들이 심심할지 몰라서였다. 물리치료사는 냉찜질을 자주 해야 좋다고 했다. 냉전이 지나가지 않았었나? 삐걱이는 다리를 앞세워 계단을 내려와 작은형을 불렀다. 후베이성의 아이들과 뱃놀이 중이었다.

서랍

옷들이 뒤엉켜, 서랍을 열 때마다 망설여진다. 묵은 것들 위에 묵은 것들이 쌓여 어제를 세탁한 오늘이 미묘하게 자리를 바꾼 채.

냄새가 있었는데, 그것은 비밀을 간직하느라 애를 태운 냄새. 떠올리는 대로 상황을 꿰맞춰주는 냄새. 낯선 것들에 대한 동경이 월세를 떼어먹고 떠난 여자의 서랍장 안에서 내내 풍겼다.

추락. 너무 일찍 그리움의 냄새를 맡아버렸다. 서까래 아래 전깃줄을 감쌌던 애자가 깨졌다. 덜렁, 덜컹, 높게 매달린 것들은 고이 간직한 그리움을 모른다.

잊힌 것들이야말로 가장 깊숙이 담아두었던 것. 생(生)은 꺼내진 것. 단절과 망각이 와서 묵은 것들이 잘 있는지 보고 갔다. 그저 흐릿해졌다.

하강(下降)

소년들은 가출한다. 강원도에서 가장 먼 곳까지 가기로 작정한 소년들은 부산에 도착했고 수영장에서 청소를 했다. 모험담은 겨울 내내 계속되었고, 일탈이 부러웠던 나는 매일 밤 끙끙 앓았다.

하강은 돌아가는 일이다. 낮은 곳으로, 일상으로, 세속으로. 언덕배기와 산등성, 비닐 포대든 작은 판자때기든 엉덩이에 깔고 가출했던 소년들은 끊임없이 일상으로, 집으로 귀환했다.

반복되는 일상, 일상들. 아마도 소소한 일상에서 발견해야만 하는 삶의 즐거움, 반복되는 일상이 있어야 일탈은 의미가 있었을 것. 썰매를 타자. 일탈의 기억이 아주 급속도로 일상의 소중함을 깨워주는 그 썰매를.

끄리

　화천발전소, 네개의 물기둥을 빠져나온 강물이 물고기를 부르면 가장 먼저 끄리가 왔다, 비늘을 반짝이며 집단적으로. 강 건너에는 이기자부대 포병들이 고사포의 반들반들한 나사처럼 일사불란하게 움직였고, 끄리들은 당나라 군대처럼 어지럽게 물살을 거슬러 헤엄쳤다.

　아직 기다림을 배우지 못한 사춘기, 그 무리들이 루어를 들고 끄리를 잡아채는 동안 시간의 간격은 조금씩 멀어졌다. 어설픈 낚시에 지쳐 강물로 뛰어들면 모든 속도가 느려졌다. 삶이 일사불란해질수록 우리는 자꾸 약속을 잊었고, 끄리처럼 어디론가 거슬러가고 싶어 했다.

전쟁들, 하찮음을 깨닫는 순간

두번의 가을

이토록 많은 후손을 남겼는데, 가을까지 저지를 악행들을 생각하면 전쟁만큼 유용한 것은 없을 듯하다. 우리가 다다를 수 없는 곳에 다다를 방법은 환상이다. 있다고 믿는 것, 자신이 만든 세계에 대한 돌연변이적 망각뿐이다.

아들의 정의

폭염에 가로막혀 가을까지 오고 말았다. 고통은 강제로 삭제되었다. 전쟁은 아들의 것, 전쟁은 미래의 것. 반항은 분명 잠이 덜 깼거나 배가 고픈 상태의 자연스러운 반응이었을 것. 패전은 오직 생존이다.

노인들의 기억

수많은 모욕과 패배 속에서 건진 단 하나 승리의 기억. 기억의 증폭과 확신. 존재란 그 하찮은 기억의 결과물이다. 노인은 정의의 기회를 포착하고 자기 시대의 정의를 구현하게 되었다. 승리하였다.

그림자를 가지러 가야 한다

저무는 거리, 바람에 흔들려야 하는데 그림자가 없다. 그림자가 길어진 만큼 갈 길은 멀고 마음은 쓸쓸해야 하는데 큰일이다, 그림자가 없다. 황혼이 몸을 지나 빠져나간다. 황혼을 붙잡아야 심장이 뜨거워질 터였다. 틈도 순간도 없다. 창백한 얼굴들만 제자리걸음이다.

그해 가을이 분명하다. 그림자를 두고 왔다. 보통강 가 버드나무길 어디다. 그림자가 버드나무 그늘에 묻혔을 때 사랑에 빠진 걸 눈치챘어야 했다. 버드나무 가지들이 이리저리 그림자를 보듬었다. 눈물이 필요할지 모르겠다고 느낀 것 같은데 이념의 관성이 가로막았다. 평양의 쓸쓸함은 그림자 탓이다. 북방의 남자들이 눈물을 흘렸다면 그건 순전히 두고 온 그림자 탓이다.

변명이 소용없고 이성으로 살아지질 않는다. 가을이 오기 전에 그림자를 가지러 가야 한다. 그림자에는 고요만 있었던 게 아니었다. 뒤를 돌아보게 하는 건 그림자 때문이다. 앞으로만 가는 발길을 붙잡기 위해, 쓸쓸한 날의 머뭇거림을 위해 그림자를, 그림자를 가지러 가야 한다.

똥고기

강물 위로 햇빛이 닿으면 비늘처럼 따로 둥글어지다가 흩어져 떨어졌다. 빛 하나는 까맣게 그을린 이마에 와 부딪쳤고, 몇개는 강물 아래로 가라앉았다. 군복으로 갈아입히고 구타가 시작되던 그날, 피할 곳 없는 강변의 뙤약볕, 자포자기의 알몸이 생각났던 것 같다.

똥고기가 들어가야 매운탕이 맛있단다. 백모의 말이 지금도 사실인지 잘 모른다. 집안의 막내였던 나를 일가친척들은 똥꼬라 불렀다. 똥고기의 구수하고 누런 지방이 고추장을 푼 붉은 국물 위에서 입맛을 돋우기도 했으니, 백모의 짓궂은 농은 아니었을 것이다.

버려진 그물을 기워 강에 던져놓고 물푸레 가지로 수면을 내리치면 자잘한 물고기들이 걸려들었다. 그냥 쫓치기라 부른 낚시법이다. 똥고기는 지저분한 비늘이 늘 애틋했다. 동버들개라는 이름을 찾아주기까지 세월이 참, 지루했다. 집안의 말석을 메우는 데도 적지 않은 날이 필요했다.

밥 이야기*

세 친구가 있었다.

세 친구는 산속에 들어가 함께 공부했다.
서로 돌아가면서 밥을 지었는데
한 친구는 자기 밥을 꾹꾹 눌러 담고 친구들 밥은 헐하게
담았다.
한 친구는 아주 공평하게 담았다.
한 친구는 자기 밥은 헐하게 담고 친구들 밥은 꾹꾹 눌러
담았다.
공평하게 밥을 담았던 친구가 공직자가 되었다.
산을 떠나며 오래 아쉬워했다.

어느 날 옛 친구들이 보고 싶어졌다.
산을 찾아갔다.
산어귀에서 뱀 한마리가 획 지나가자, 놀라서 쫓아버렸다.
산속에 다다르자 갑자기 안개가 자욱해지더니 신선이 나
타났다.
자기 밥을 헐하게 담았던 친구였다.
바위에 앉아 수담을 나누며 신선 친구에게 물었다.

그 친구는? 그가 말했다.
산어귀에서 뱀을 보지 않았는가.

산에서 내려오자 백년이 흘러 있었다.

* 옛날이야기 선집은 첫 책이었다.

물로리 같고 조교리 같은

어느 새벽, 아버지가 낯선 삼남매를 데려왔다. 자주 불이 나던 시절이었다. 소방서 첨탑에선 심심찮게 사이렌이 울렸고, 그때마다 신발을 구겨 신고 뛰쳐나갔다. 도시 속에 혼재한 밝음과 어둠, 뒷골목의 맹랑한 세계, 비극이 주는 치명적 아름다움도 그즈음 실재하게 되었다.

물로리, 조교리 같은, 아버지와 함께 연상되는 마을의 이름들은 아버지의 죽음만큼이나 허망하다. 물에 잠긴 신작로며 집들, 담벼락과 전봇대들이 그대로인 마을을 내려다볼 때, 실패한 신의 마음이 그러했으리라.

기억의 보조 장치들이 발달하면서 과거의 나만 나이게 되었다. 지금과 미래의 나는 언제나 가짜다. 전설도 설화도, 과장법과 비유법도, 설계도와 이정표도 모두 헛된 나가 되었다. 빌어먹을 진실, 오늘이 그립다. 세상 그 무엇도 아닌 나로, 잠시나마 나로.

무등(無等)

1

너름지가 눈에 들어오면 두고 온 것들이 생각났다. 밑동의 생채기가 분명한 떡갈나무 한그루, 아픔의 반대쪽으로 굽어 그늘을 드리웠다. 풀밭의 새들이 여전히 낮은 목소리로 소곤대고 남도의 아비들도 겨울 채비를 했다. 진작에 여기서 쉬어야 했다. 징한 것들 사이에서 슬픔을 웃음으로 여겨가면서.

2

시민들은 저녁을 걱정하였고 서둘러 하산 중이었다.

3

가질 수 없는 것을 갖는 가장 좋은 방법은 그것을 잃어버렸다고 생각하는 것. 소중한 것을 영원히 소유하는 가장 좋은 방법은 그것을 누군가 빼앗아간다고 생각하는 것. 민주주의가 그랬다.

4

못난 꽃도 예쁜 남도, 그 어디에서 가도 오도 못하는 중이다.

5

오래 앉아 있으면 분명 말을 걸어왔고, 쓰러지도록 막걸리 잔을 들으면 이내 정이 들었고, 바람이 불어 땀을 식혀주었다. 미워할 이유를 애써 찾는 것만큼 좋아할 이유도 억지로 찾아내는 거기, 내내 앉아 있어야 했다.

6

쉰이 넘어 닿은 무등, 스무살로 정지해버린 무등이 슬픔의 반대쪽으로 산 그림자를 드리웠다.

스무개의 이상과 한개의 아련함

오연경

  신동호 시인은 끝없이 갈라지는 길 위에 서 있다. 그 길
은 과거로부터 뻗어왔지만 늘 새롭게 시작되고, 분명 하나
의 길을 걸어온 것 같은데 여러갈래의 길을 지나왔으며, 혼
자 고독했지만 여럿의 발자국이 남아 있다. 시인은 길에게
배웠고 길에서 사랑했고 길을 살았다. 시인의 길은 172번 버
스나 111번 버스를 따라 서울의 미로 같은 골목길을 에두르
고 춘천 중앙시장과 원주통닭집을 지나 광주 무등산과 남도
의 황톳길까지 내리 닿았다가 다시 강원도 화천군 구만리의
큰집과 딴산까지 치달아 금강산 귀면암과 구룡폭포를 거쳐
블라디보스토크로, 베를린으로, 안달루시아로 뻗어간다. 이
따금 걸음을 멈추고 멀리 돌아보는 시인의 눈에는 아버지,
어머니, 백부, 작은형, 정환이, '꽁치' 등 유년을 함께 보냈던
가까운 이들이 먼저 떠오르고, 이어서 송강, 율곡, 겸재, 해

월, 홍경래, 이상, 윤동주, 백석, 김지하, 황석영, 김남주, 김근
태에서 후쿠자와 유키치, 로베스피에르, 레닌, 베냐민, 네루
다, 보르헤스에 이르기까지 꿈꾸고 사랑하고 헌신했던 사상
가, 혁명가, 시인, 소설가 들과 파로호와 북한강에서 인생을
가르쳐준 황쏘가리, 꺽지, 메기, 빙어, 잉어, 끄리, 똥고기(동
버들개)가 떠오른다.

이 모든 것은 흘러간 강물에 묻혀버린 과거가 아니라 지
금 내딛는 한걸음 앞에서 물기둥처럼 솟구치는 생생한 순
간들이다. 과거는 흘러가지 않고 현재 속에서 펼쳐진다. 시
인이 마음에 품었던 선인(先人)들의 치열한 고뇌와 위대한
문장은 역사나 책에 박제되지 않고 지금-여기의 삶을 살아
내는 일상적인 고뇌와 보통의 문장으로 살아온다. 한 사람
의 생(生)은 얼마나 많은 것들과 연결되어 있으며 얼마나 오
래된 것들을 품고 있는 것인가. 시인은 "세상이 변하자고
나를 불러낸 것이 아니라 그사이 변한 나와 나,들이 있었던
것"(「혁명가들」)이라고 말한다. 세상을 바꾸고 싶다는 마음
이 시의 길과 시대의 길을 걷게 했고, 그 길에서 만난 것은
결국 무수한 불연속적인 '나'들이었다는 뜻이리라. 이번 시
집에서 시인은 각각의 길이 다르다고 규정하는 경직된 관념
을 넘어 겹쳐지고 뒤섞인 길들의 두꺼운 지층으로, "낮은 곳
으로, 일상으로, 세속으로"(「하강(下降)」) 내려가 무언가를
낚아 올린다. 묵었지만 낡지 않은, 지나갔지만 끊임없이 되
돌아오는, 애매하고 혼란스러운 그것에서 시적인 것이 반

짝인다.

*

　전작 『장촌냉면집 아저씨는 어디 갔을까?』(실천문학사 2014)는 십팔년 만에 돌아온 세번째 시집이다. 이번 네번째 시집이 나오기까지는 그로부터 다시 팔년이 걸렸다. "쓰고 있던 시, 마지막 구절에 마침표를 찍지 못한 채 임무를 부여받았다"는 것이 시집과 시집 사이의 간격에 대한 직접적 설명이라면 "부조리한 국가에서 당원은 시인이다"(「죽음조차 내 것이 아닌」)라는 말에는 복잡한 내면의 논리가 담겨 있다. 그러나 그의 발길이 거리에서 감옥으로, 평양과 개성을 지나 중국과 남극으로, 다시 현실 정치의 복판으로 옮겨 다니는 동안에도 시는 그를 놓아주지 않은 것 같다. 오히려 "세상이 끓기도 전에 몸을 던져 번번이 쓰러졌"(「라면 한꺼번에 많이 끓이기, 그 실패와 성공의 역사」)던 그를 일으켜 세운 것은 시였을 것이다.

　　구석기가 끝나갈 무렵부터 계단을 오르고 있다.
　　동굴벽화 몇곳에 계단이 그려져 있고
　　점토판 설형문자는 '계단을 올랐다'로 해석되었다.

　　계단 끝에서 신들을 만났다는 소문이 돌자

엎드리고, 경배하고, 움츠리는 버릇이 생겼다.
길과 이어진 계단에서 버려진 육체들이 발견되었다.

그러나 막다른 계단은 따뜻했다.

'벽돌 창으로 새어나온 불빛이 계단을 비추었다.
그 빛은 언제나 나에게 사랑의 등불이 되어주었다.'
스무개의 절망과 한개의 사랑을 품은 채
늙은 봉우리로 가는 계단에서 네루다는 실종되었다.

지상의 계단이 왜 하늘을 향하는지 아직 모른다.
신에게 가까이 갈수록 찰나만큼 수명이 길어질까,
시간은 계단 위를 아주 느리게 파고들었다.
                                    —「계단」 전문

　계단의 본질인 '오름'은 문명과 역사의 진보, 정치 권력에
대한 욕망, 절대자에 이르는 구도의 길 등을 상징한다. 계단
은 지금의 위치보다 높은 곳, 어떤 목적지나 이상으로 가기
위한 상승의 수단으로 인식되기 때문이다. "계단 끝에서 신
들을 만났다는 소문"은 바로 그러한 상승의 욕망을 부추기
며 신을 향한 경배와 복종 그리고 육체에 대한 멸시를 낳는
다. 그러나 화자가 오르고 있는 계단은 그 끝에 목적지도 권
력도 신도 없는 "막다른 계단"이다. 그것은 육체와 늙음과

죽음에서 벗어날 수 없는 인간이 절망하고 사랑하고 인내하며 살아가는 삶의 공간 자체이다. 시인은 "막다른 계단은 따뜻했다"라고 말한다. 마침내 목적지에 도달해서가 아니라 지금 밟고 있는 한계단 한계단을 비추는 "사랑의 등불"이 있기에 삶은 따뜻하게 빛난다. 어딘가를 향하지만 어디에도 닿지 않기 때문에, "스무개의 절망"이 있어도 "한개의 사랑"이 가능하기 때문에 "계단 위를 아주 느리게 파고"드는 시간은 일상의 시간이자 시의 시간이 된다.

이번 시집의 첫 자리에 놓인 「계단」은 집단과 개인, 역사와 일상, 성공과 실패, 부정과 긍정, 이상과 현실에 대한 시인의 깊은 성찰을 함축한다. 당원의 길을 걷는 동안 진보에 대한 낙관이 기복(祈福)으로 변질되고 집단의 이상이 현실을 버리고 미래로 달려나가는 것을 목격했던 것일까? 시인은 "집단의 정의가 개인의 복수 행위보다 더 잔혹"할 수 있다는 뼈아픈 경험을 통해 "'진보'라는 절대운동은 없"으며 세상을 움직이게 하는 것은 "격렬한 동사들"이 아니라 "따뜻한 동사들"이라는 생각에 도달한다(「운동하는 물체의 전기역학에 대하여」). 진보에 대한 절대적 믿음이 "역사의 모든 역동성을 단순화한" 결과이거나 "작은 승리를 큰 승리로 착각한" 결과라면, 진정한 승리를 위해 필요한 것은 현실의 변화를 견뎌내는 인내심과 새로운 "역사의 천사"에게 자리를 내주고 사라지는 미덕이다(「파국을 걱정하며」). 시인이 "입국(立國)은 사(私)다 공(公)이 아니다"(「혁명가들」)라는 후쿠자와 유키치의 말을 인용하면서 개개인의 일상으로, 골목골목의 소음으로, 현실의 혼돈으로, 그러니까 시의 자리로 돌아오려는 이유가 여기에 있을 것이다.

*

신동호의 시에는 역사적 인물을 비롯하여 장소, 음식, 어족(魚族), 텍스트가 수없이 등장한다. 특히 장소에서 촉발된 시적 상상력은 시인의 몸에 새겨진 기억과 고통과 감각을 통과하여 지금-여기의 구체적인 이야기로 되살아난다. 멀리 떨어진 장소와 각기 다른 시대와 구체적 맥락이 환유와 유비로 연결될 때 그 모든 것을 엮어내는 것은 관념이나 메시지가 아니라 생생한 감각과 감정이다. 가령 나라를 걱정하고 예술을 사랑했던 역사 속 인물들은 서촌 산책길을 관통하는 "마음의 색"으로 연결되고(「서촌, 인왕제색(仁王霽色), 이상」), 북녘의 아우님과 야생에 대한 그리움은 "껍질째 가루 낸 메밀"과 "동치미 냄새"로 달래고(「성천막국수」), 춘천시 교동 정환네 집에서 왕십리 자취방을 거쳐 현재까지 이어진 세상과의 싸움의 감각은 "퉁퉁 불은" 라면 맛과 "똥을 참는 버릇"으로 되살아난다(「라면 한꺼번에 많이 끓이기, 그 실패와 성공의 역사」). 이렇게 온몸으로 부딪치며 살아낸 삶의 감각 덕분에 시인은 혼자와 무리, 골목과 광장, 소음과 함성, 분노와 슬픔 사이에서 "이리 흔들 저리 흔들"(「탓」) 부대끼며 여기까지 올 수 있었다.

준이 형의 방, 봉의동 골목 어귀 눈길을 조심스레 걸으
며 찾아간 방에는 백지들이 눈처럼 쌓여 있었다. 펜에 잉
크를 찍어 써낸 시들이 마치 새 같았다. 한장의 종이 안에
서 저토록 자유로울 수 있단 말이지. 박정만 선생의 『잠자
는 돌』, 그 연민을 겨울방에서 만났다.

함박눈에 갇힌 시간은 외롭다.
외로울 준비가 되어 있는 사람은 늘 강하다.
순백의 나라에 가면, 거기
겨울방에서 움튼 내가 나를 찾아 두리번거리던.
　　　　　　　　　　　　　　　　　—「겨울방(房)」 부분

시인은 봉의동 골목 어귀에서, 거기서 외로운 시절을 함
께 보낸 선배들에게서, 그들의 열기와 갈망을 통해 닿았던
시집에서, 그 겨울방의 고독과 자유에서 많은 것을 배웠다.
"외로울 준비가 되어 있는 사람은 늘 강하다"는 것을 알려
준 저 아름다운 '겨울방'이 있었기에 국가와 정치를 논하는
일과 개인의 외로움을 지키는 일을 이분법적으로 분리하지
않을 수 있었던 것일까? 그래서 "골목골목 오가는 이들도
광장에서 그리 멀리까지 가진 않았을" 거라고, "돌아와 국을
데우는 동안, 그 미지근한 시간도 불의를 돌려세우기에 충

분한 시간"(「새떼」)이었다고 긍정할 수 있게 된 것일까? 그러니까 감옥에서 나와 "세상에 대한 분노를 삭이질 못하"던 '나'에게 "잘 익었어, 먹어봐"(「양미리」) 하며 양미리를 구워주던 '꽁치'의 웃음과 "죽음을 담아 삶으로 내놓기를 반복"(「마장동」)하는 마장동 축산물시장에서의 울음은 단순한 과거의 추억이 아니다. 골목마다, 장소마다, 발길 닿는 곳마다 현재에 낚여 되살아나는 기억은 시인으로 하여금 이상과 신념의 편이 아니라 외로움과 흔들림의 편에서 세상을 바라보게 하는 방향감각인 것이다.

그해 가을이 분명하다. 그림자를 두고 왔다. 보통강 가 버드나무길 어디다. 그림자가 버드나무 그늘에 묻혔을 때 사랑에 빠진 걸 눈치챘어야 했다. 버드나무 가지들이 이리저리 그림자를 보듬었다. 눈물이 필요할지 모르겠다고 느낀 것 같은데 이념의 관성이 가로막았다. 평양의 쓸쓸함은 그림자 탓이다. 북방의 남자들이 눈물을 흘렸다면 그건 순전히 두고 온 그림자 탓이다.

변명이 소용없고 이성으로 살아지질 않는다. 가을이 오기 전에 그림자를 가지러 가야 한다. 그림자에는 고요만 있었던 게 아니었다. 뒤를 돌아보게 하는 건 그림자 때문이다. 앞으로만 가는 발길을 붙잡기 위해, 쓸쓸한 날의 머뭇거림을 위해 그림자를, 그림자를 가지러 가야 한다.

—「그림자를 가지러 가야 한다」 부분

또다른 방향감각은 여기 아닌 다른 곳, 이념에 가로막혀 제대로 볼 수 없는 곳, 그리움으로 잊히지 않는 곳에서 얻어진다. '북한'이라 부르면 근현대사의 이념의 장벽에 막히고, '북방'이라 부르면 그보다 오랜 역사의 들판으로 트이는 동일한 장소, 그러나 현재 남한에 사는 이들 대부분이 직접 경험해보지 못하기는 매한가지인 장소. 이런저런 사유로 평양, 개성, 금강산을 두루 다니며 땅을 밟고 사람들을 만나본 시인에게 북녘은 그림자를 두고 온 곳, 그러니까 이쪽의 현실에 길들어 망각해버린 다른 삶, 지금의 삶의 반대쪽에 늘 드리워 있는 그림자의 삶이다. "생(生)은 꺼내진 것"이라면 그림자는 "단절과 망각"에 의해 안 꺼내진 것, "가장 깊숙이 담아두었던 것"(「서랍」)이라 할 수 있다. 시인은 두고 온 그림자를 생각할 때 앞으로만 가지 않고 뒤를 돌아볼 수 있다고, 머뭇거리며 쓸쓸해질 수 있다고, 그리하여 "죽어 세월이 지나서야 비로소" 가능할 "어른도 아닌, 남자도 아닌, 빨갱이도 아닌"(「뼈들」) 뼈들의 역사를 회복할 수 있다고 믿는 것이다.

이번 시집에는 눈에 띄는 장시 한편이 있다. 「깔마 꼬레아 여행 가이드북」은 같지만 다른 장소, 망각되었지만 가능한 삶, "이별과 만남, 열망의 기나긴 기록"이 일상 현실로 도래한 통일 이후의 미래를 서사적 상상력으로 풀어낸 시이다. 부에노스아이레스에 사는 "국립 아르헨티나도서관 사서" '호르헤'의 손에 들어온 "스페인어판/깔마 꼬레아 여행 안내서"는 "전쟁과 정전, 종전과 평화" 같은 복잡하고 어지러운 정치적 난제들을 훌쩍 뛰어넘어 여행, 기념품, 공항, 호텔, 음식 등으로 채워진 '깔마 꼬레아'의 일상으로 우리를 데려다놓는다. 장소에 대한 시인의 남다른 감각, 남북과 세계를 넘나드는 역사적·지리적 상상력이 미래에 투사되어 빛을 발하는 이 시에서 우리는 오랫동안 꿈꿔온 정치적 열망과 오랫동안 간직해온 그리움이 이토록 경이롭고 이토록 평범한 현실이 될 수 있다는 것을 목격한다. 신동호 시인이 그려낸 '깔마 꼬레아'는 신동엽이 꿈꾼 "아름다운 석양 대통령"(「산문시 1」)과 함께 우리에게 또 하나의 잊기 어려운, (불)가능한 미래의 이미지로 남을 것이다.

*

신동호 시인은 여전히, 끝없이 갈라지는 길 위에 서 있다. 그는 열개의 절망을 건너왔으나 어떤 삶도 긍정했고, 계단 끝의 정의를 갈망하는 대신 길에서의 사랑에 흔들렸으며, 열개의 이상이 늘어선 길에서 외로움을 지키고자 했다. 그에게는 사랑과 권태와 문학을 가르쳐준 '이상(李箱)'들이 있었고, 뜨거운 의지와 거침없는 행동을 요구한 '이상(理想)'들이 있었지만, 정작 그를 계속해서 걷게 한 것은 '이상(異常)

한 아련함', 의심스럽고 알 수 없는 모호한 마음이었다.

은밀한 익명. 사명감, 책임감, 무게의 은폐. 이런 문장을 본 적이 있다. '황석영을 통해 몰랐던 세계를 알았고 분노했으며, 김지하에게서 시대의 슬픔을 보았고 시대와 나를 동일시하는 법을 익혔다. 이문열은 아련했다. 이상하게도 아련함 때문에 견딜 수 없었고, 지금도 이해할 수 없는 지점이 거기다. 아련함 때문에 세상을 바꾸고 싶었다.' 분노와 슬픔은 거리에 던져버릴 수 있으나 아련함은 자꾸 줍게 된다. 시청 앞까지 셔틀버스를 타고 세번의 건널목을 뛰어, 장비의 눈물 어린 장팔사모를 휘두르며, 명동을 홀로 뚫고 지난다. 산둥의 말소리와 호객꾼의 외침, 네온사인과 맞붙어 4호선 명동역까지, 자룡 조운의 세련된 창 솜씨에 주눅 들어, 늘 술에 젖어.

밤의 시간은 언제부터 도착이었는가. 단 한번의 사냥을 위한 완벽한 휴식. 낮의 시간은 언제부터 방랑이었는가. 문을 통해 들어가는 중이었던가, 나가는 중이었던가.
　　　　　—「끝없이 두갈래로 갈라지는 길들이 있는 정원」부분

"아련함 때문에 세상을 바꾸고 싶었다"는 시인의 말은 의미심장하다. 국가 폭력과 부조리의 시대를 온몸으로 통과한 시인에게 분노와 슬픔이 없었겠는가. 그러나 시인은 분노와 슬픔은 던져버릴 수 있어도 아련함은 버릴 수 없었다고 말한다. "혁명의 피 냄새는 늘 두려웠다"(「경장(更張)」), "확신에 찬 사람들이 물러서지 않고, 그것을 원칙이라 하는 동안이리 흔들 저리 흔들"(「탓」) 부끄러웠다는 시인의 고백은 오히려 아련함의 쓸모를 입증하는 것처럼 들린다. 세상을 바꾸고자 하는 이상이 경직된 확신과 승리에의 도취로 변질된다면, 현실의 변화와 사람의 마음과 일상의 소중함을 외면한 이상은 저 홀로 아름다울 뿐이다. "민주라는 이름을 가진 당신이 홀로 아름다웠음을 애석해한"(「끝없이 두갈래로 갈라지는 길들이 있는 정원」) 시인은 확신, 원칙, 이상이 아니라 알 수 없음, 애매함, 두려움, 머뭇거림, 부끄러움의 편에 설 때 세상이 아름다워질 것이라 믿는다.

이 시는 저 먼 과거부터 현재까지, 오래전 지났던 장소에서 지금 머무는 발밑까지, 시인의 전 생애의 기억과 가난과 고통과 기쁨과 사랑과 꿈이 뒤섞인 그 아련한 길들의 향연을 재현해낸다. "집이었는지 길이었는지, 오늘이었는지 먼 훗날이었는지, 공간이었는지 시간이었는지", 도착이었는지 방랑이었는지, "들어가는 중이었던가, 나가는 중이었던가"(같은 시), 시작과 끝, 여기와 저기, '나'와 '나'들, '나'와 타자들이 어떤 경계도 구분도 없이 마주치는 이 모든 골목과 모퉁이는 얼마나 아름답고 얼마나 아득한가. 헤매고 넘어지고 방향을 잃고 발이 빠지면서 걸어온 이 길은 일상의 길이자 시대의 길이자 시의 길이다. 이 길은 계속해서 알 수 없는 갈

림길을 만들어낼 것이고, 그때마다 또다른 '나'들을 낳을 것이다. 시대의 변화에 따라 "이상(李箱), 이상(理想), 이상(異常)들"(「서촌, 인왕제색, 이상」)이 수많은 이정표를 세우겠지만, "아직 만나지 못한 사람"이 있고 "가보지 못한 길"(「시인의 말」)이 있기에 골목을 서성이는 시인의 마음은 더욱 아련할 것이다.

吳姸鏡 | 문학평론가

열일곱살 골목에 머물러 있다. 그늘과 햇빛의 조각들, 식구 수만큼 낡아진 대문과 제각각인 살림들, 골목 끝과 모든 시작이 궁금하다. 군중 속 외로움과 남산 수사실에서의 외로움이 썩 다르지 않다는 걸 안다. 보통강 버들과 삼지연 개박달나무, 그 색다름이 우리 집 뒷산 봄날 진달래로 반복되어 핀다는 것도 안다. 권력의 바깥과 안 역시 미완성인 목소리들의 높낮이 향연일 뿐이다. 결코 평범하다고 할 수 없는 시간이 모두 무덤덤하게 평범해진다. 무척 아련하다. 여전히 골목을 서성일 수밖에 없다. 아직 만나지 못한 사람이 있다. 가보지 못한 길이 있다.

2022년 6월
신동호

창비시선 478

그림자를 가지러 가야 한다

초판 1쇄 발행 / 2022년 6월 17일
초판 2쇄 발행 / 2022년 7월 8일

지은이 / 신동호
펴낸이 / 강일우
책임편집 / 박지영 박문수
조판 / 박아경
펴낸곳 / (주)창비
등록 / 1986년 8월 5일 제85호
주소 / 10881 경기도 파주시 회동길 184
전화 / 031-955-3333
팩시밀리 / 영업 031-955-3399 편집 031-955-3400
홈페이지 / www.changbi.com
전자우편 / lit@changbi.com